LE DIABLE

ET

LE TRÉSOR,

NOUVELLE THIERNOISE.

Par A. GUILLEMOT,

MEMBRE DE L'ACADÉMIE DES SCIENCES, BELLES-LETTRES ET ARTS
DE CLERMONT-FERRAND,

ET DE PLUSIEURS AUTRES SOCIÉTÉS SAVANTES.

CLERMONT-FERRAND,

TYPOGRAPHIE FERDINAND THIBAUD, LIBRAIRE,

Rue St-Genès, 8-10.

1862.

LE DIABLE

ET

LE TRÉSOR,

NOUVELLE THIERNOISE.

Par A. GUILLEMOT,

MEMBRE DE L'ACADÉMIE DES SCIENCES, BELLES-LETTRES ET ARTS
DE CLERMONT-FERRAND,

ET DE PLUSIEURS AUTRES SOCIÉTÉS SAVANTES.

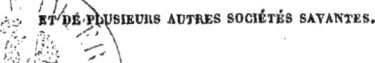

CLERMONT-FERRAND,

TYPOGRAPHIE FERDINAND THIBAUD, LIBRAIRE,

Rue St-Genès, 8-10.

1862.

LE DIABLE ET LE TRÉSOR.

Un fait qu'on aura peine à croire,
Un évènement merveilleux,
Qu'oublia l'infidèle histoire,
Effraya jadis nos aïeux :
Et quand la terrestre nature
Fut plus vieille de deux mille ans,
Une moins tragique aventure
Egaya les mauvais plaisants.

Mais il faut, si je ne m'abuse,
— Car l'usage le veut ainsi, —
Invoquer un peu quelque Muse,
Avant d'entamer mon récit :
Laquelle ? je ne le sais guère,
Le choix me met dans l'embarras...
Bah ! nous nous tirerons d'affaire,
Invoquons : ne désignons pas.

Qui que tu sois donc, ô Déesse,
Quel que soit le céleste nom

Qu'on te donne sur le Permesse
Ou sur les sommets d'Hélicon,
A mes vers, chaste inspiratrice,
Ne refuse pas ton appui,
Et, bienveillante protectrice,
D'eux surtout écarte l'ennui ;
Fais... mais la dose est convenable ,
— Que vous en semble, chers lecteurs ? —
Si la Muse est insatiable,
Qu'elle aille mendier ailleurs !
Mon devoir est rempli, je pense,
Autant qu'il en était besoin :
Sans plus de retard je commence
La légende, mon premier point.

PREMIÈRE PARTIE.

Il est dans un de nos villages
Quelque part un vieux galetas,
Délaissé depuis bien des âges
Aux gais ébattements des rats :
Sur son sol gisent pêle-mêle,
Par la main du hasard rangés,
Débris d'armes et de vaisselle,
Parchemins aux trois quarts rongés :
Sous des monceaux d'une poussière
Dont l'âcre et pénétrante odeur
Ferait pâmer un antiquaire
Dans une extase de bonheur,
Un livre à solide membrure
Seul encor se prélasse entier ;
Sa carapace était si dure
Que les rats n'ont pu l'entamer :
C'est du cuivre encadrant du chêne,
Qui raille l'effort de leur dent :
Ainsi, dans le bon La Fontaine,
La lime se rit du serpent.
Ce manuscrit n'est pas sans charme ;
L'auteur est un moine ancien,

On ignore s'il était Carme,
Récollet ou Bénédictin ;
Mais un jour, fouillant la chronique
De ce légendaire ignoré,
Dans son écriture gothique,
Voici ce que j'ai déchiffré.

Quand la France s'appelait Gaule,
Bien longtemps avant Pharamond,
Auprès des bords de la Durole,
On voyait un sombre donjon :
Au loin menaçant la campagne,
Il se dressait terrible et fort ;
Ses maîtres, rois de la montagne,
Etaient les sires de Bitor.
C'était une race puissante,
Moitié brigands, moitié soldats,
Au pillage, au massacre ardente,
Au bras d'acier dans les combats :
Ils étaient quatre alors, le père
Et trois fils, jeunes, vigoureux,
Défiant le ciel et la terre,
Disaient-ils, les présomptueux !
Leur nom seul dans le voisinage
Éveillait partout la terreur :
Ils avaient brûlé maint village
Et rançonné maint voyageur.
Un jour pourtant dans une affaire,

Ils ne furent pas les plus forts ;
La rencontre fut meurtrière,
Et le soir tous quatre étaient morts.

Ainsi, cette noble famille
Fut jetée en proie au tombeau,
Il ne demeura qu'une fille,
Frêle enfant encore au berceau.
Les fiers vainqueurs à sa faiblesse
Accordèrent grâce et pardon,
Et même, héroïque largesse,
Lui laissèrent le vieux donjon.
Triste se passa son enfance,
Livrée à des soins étrangers ;
Puis arriva l'adolescence,
Ses passions et ses dangers.

C'était dans le mois des poètes,
Des idylles et des amours,
Quand les fleurs, fraîches et coquettes,
Étalent leurs jeunes atours.
Hertha, la blonde châtelaine,
Un soir parcourant les halliers,
Voit, près d'une claire fontaine,
Le plus gentil des bacheliers.
La belle s'arrête, il s'avance,
Tous deux hésitaient rougissants ;
Mais bien vite on fait connaissance,

A l'âge heureux de dix-huit ans...
La nuit vint, et jusqu'à l'aurore
Ils causèrent, dit-on, tout bas :
Que se dirent-ils? je l'ignore ,
Et l'histoire n'en parle pas.
Mais au matin la demoiselle
Laissait errer son œil distrait,
Pour Tronda, nourrice fidèle,
Elle avait un premier secret.
Bien longue parut la journée,
Hertha bien souvent soupira ,
La lune à peine était levée
Qu'au rendez-vous elle arriva.

Hélas! la galante aventure
Touche à son triste dénoûment :
— En ce temps-là dame nature
Était la même qu'à présent. —
Tremble, tremble, vierge candide,
Grand Dieu! qui l'aurait supposé?
Ce page au regard si timide
C'était..... le Diable déguisé.

— Au temps de l'enfance du monde ,
Il prenait forme de serpent,
Plus tard il mit perruque blonde ,
Il porte habit noir maintenant :
Quand de quelque belle il s'approche,

Dans notre siècle tant prôné,
Il fait tinter l'or dans sa poche,
Comme du temps de Danaé :
Il sait qu'en moderne langage,
Plumes, dentelles, diamants,
Perles, cachemire, équipage,
Sont les mots les plus éloquents. —

Quel épouvantable mystère
Se passa la seconde nuit ?
Il me faut bien encor m'en taire,
Le moine n'en a rien écrit ;
Mais on croit que des cris étranges
S'entendirent au fond du bois,
Et tout bas l'on dit que des Anges
La face se voila trois fois.

Et le lendemain la pauvrette
Au vieux manoir ne rentra pas ;
La bonne nourrice, inquiète,
A la chercher perdit ses pas :
Longtemps sa poursuite fut vaine,
Son cœur se fermait à l'espoir,
Quand vers la fatale fontaine
Enfin elle arriva le soir.
Au lieu de l'onde, consumée
Par le souffle ardent du démon,
D'une sulfureuse fumée

S'élevait l'épais tourbillon :
Dans les airs gronda le tonnerre,
Le ciel effrayé se voila,
Et des entrailles de la terre
Une voix sinistre hurla :

« NE CHERCHE PLUS, FEMME INSENSÉE,
» CETTE ENFANT QUE TON SEIN NOURRIT;
» SATAN GARDE SA FIANCÉE
» AU FOND DE SON PALAIS MAUDIT. »

Et sous la douleur abîmée,
Pantelante de désespoir,
Pâle, éperdue, échevelée,
Tronda rentra folle au manoir :
Le lendemain elle était morte,
La valetaille s'enfuyait,
Des diables l'impure cohorte
Au château triomphante entrait.

Dès lors, plus de feu dans les âtres,
De Bitor les murs désertés
Se dressaient, fantômes grisâtres,
Par des fantômes habités.
Sur les créneaux, dans les ténèbres,
Souvent une ombre se penchait,
Gémissant des hymnes funèbres
Qu'en sifflant le vent emportait;

D'autres fois, des flammes livides
Brillaient au front des hautes tours,
Jetant dans le cœur des Druides
De la terreur pour bien des jours.

Plus tard, quand le Christianisme,
De vérité resplendissant,
Eut replongé le Druidisme
Dans les abîmes du néant,
Si près de la tour séculaire
Un pèlerin le soir passait,
Il murmurait une prière,
Et pieusement se signait.
Pourtant dans l'immense ruine
Nuls bruits n'étaient plus entendus,
Enchaînés par la main Divine,
Les fantômes dormaient vaincus;
Mais la croyance populaire,
Des pères léguée aux enfants,
De revenants et de mystère
Peuplait encor ces murs croûlants.

De l'homme l'œuvre fugitive,
On le sait, ne vit pas toujours :
Où sont les temples de Ninive?
De Babylone où sont les tours?
Soumis à cette loi sévère,
Bitor un jour devait périr,

De lui ne laissant à la terre
Qu'un vague et confus souvenir.
Quand vint le temps de Charlemagne,
Murs, tours, créneaux étaient détruits,
La pelouse de la montagne
Recouvrait déjà leurs débris :
Ainsi la main de la nature,
Dans les champs du dernier repos,
Voile de vivante verdure
La pierre morte des tombeaux.

Voici ce que pour véritable
Donne le père Hilarien :
Est-ce une histoire ? est-ce une fable ?
Moi, franchement, je n'en sais rien.

DEUXIÈME PARTIE.

1856.

—◦◦◦◦◦—

Du passé dans les catacombes
Les siècles se sont engloutis :
Laissons dans leurs muettes tombes
Reposer mille ans endormis.
De ce tant chanté moyen-âge,
De ses héroïques combats,
De ses dames au doux langage,
Je ne vous parlerai donc pas :
Troubadours aux gais cantilènes,
Chevaliers aux armures d'or,
Joûtes, tournois et châtelaines,
Que fait tout cela pour Bitor?
Ce qui reste de notre histoire
Est un tout moderne récit,
Qui prouve — pourrez-vous le croire? —
Qu'il est des gens pauvres d'esprit.
Si le fonds en est authentique,
Comme l'attestent maints témoins,
J'avoûrai, conteur véridique,
Que quelques détails le sont moins :

Par cet aveu, ma conscience
Etant dûment mise en repos,
Je laisse à votre intelligence
De démêler le vrai du faux.

Un soir dans notre bonne ville
Le courrier de Paris porta
Un magnétiseur, homme habile
En l'art que Mesmer exploita.
Je devrais, suivant la coutume,
Ici vous tracer son portrait;
Mais ma capricieuse plume
Ne trouvant qu'un mince intérêt
A ce détail assez futile,
Je vous apprendrai tout d'abord
Qu'il établit son domicile
A l'hôtel du *Grand Faucon d'Or* :
Après un souper confortable,
Délicat et substantiel,
Il se mit, en quittant la table,
Au lit comme un simple mortel.

On croit dans nos petites villes
Qu'il n'est de badauds qu'à Paris ;
C'est une erreur : des imbéciles
La race est de tous les pays.
On se moque des amulettes,
Des talismans, des envoûteurs,

Des sorciers noueurs d'aiguillettes ;
Mais on croit aux magnétiseurs.

On traite de *vieille mâchoire*,
De *perruque*, d'*âne bâté*,
Quiconque en ce siècle ose croire
Que l'Evangile est vérité.
« Plus de Dieu ! c'est une fadaise
» Qui dans le monde a fait son temps,
» Et les récits de la Genèse
» Sont bons pour bercer les enfants. »
La nouvelle métaphysique
Supprime toutes ces erreurs,
Et le panthéisme exotique
Est le *Credo* de ses docteurs ·
Des Allemands lourds plagiaires,
Ils exposent à grand fracas,
Dans un français qu'on n'entend guères,
Des systèmes qu'on n'entend pas ;
Ils masquent l'absence d'idée,
Qui partout brille en leurs écrits,
Sous des mots longs d'une coudée,
De leur auteur même incompris ;
Et pour donner mine savante
A cette langue d'Algonquin,
Ils en bâtissent la charpente
En grec chevillé de latin.
Si votre franchise indiscrète,

Lasse d'efforts sans résultats,
Confesse n'entendre miette
De cet obscur galimatias :
« C'est le fait de votre ignorance, »
Vous répond-on *in octavo*,
Et les badauds de confiance
Admirent, et hurlent : « BRAVO! »

C'est surtout contre les miracles
Que dans la Bible nous lisons,
Que tous ces modernes oracles
Pointent leurs terribles canons.
« Le serpent d'Eve est ridicule,
— Dites-vous, savants lumineux! —
» Moïse, un rhapsode crédule,
» Et Salomon, un songe-creux :
» Ceci, c'est fable controuvée,
» Cela, tronqué par un nigaud,
» Babel est un conte de fée
» Qui ne vaut pas ceux de Perrault. »

On voit pourtant dans l'Ecriture
Certain fait des plus surprenants,
Contre lequel votre censure
Peut faire rire à vos dépens :
Je veux parler de cette ânesse,
Dont, longtemps après Abraham,
La voix, se faisant prophétesse,

Effraya si fort Balaam.
Vous prétendez que cette bête
Peut braire selon son désir,
Mais que sa bouche est ainsi faite
Qu'aucun mot ne peut en sortir :
Cette objection puérile
Vous semble un argument vainqueur ;
Il n'est pourtant pas difficile
De la réduire à sa valeur.
Quoique l'histoire naturelle
En dise, hommes très-éclairés,
Le miracle se renouvelle
A chaque fois que vous parlez.

Mais, laissant une tourbe inepte
Vanter son contestable esprit,
Il faut revenir à l'Adepte
Que nous quittâmes dans son lit.
Le lendemain, dimanche et fête,
De très-grand matin se levant,
De dupes il se met en quête,
Flairant les niais, le nez au vent.
Sur la place la plus voisine,
Prenant l'allure de rigueur,
Notre homme regarde, examine,
Comme un indifférent flaneur ;
Il cause avec Paul, avec Pierre,
Du soleil, du brouillard, des vents,

De la gelée et du tonnerre,
Et de la pluie et du beau temps ;
Demande où conduit telle route,
Quel est ce coteau rocailleux...
Et récolte, sans qu'on s'en doute,
A droite un mot, à gauche deux.
« Bien ! — se dit-il ; — des niais la graine
» En ce pays abonde fort ;
» Je vois se dessiner la veine,
» De venir je n'ai point eu tort.
» Il est temps d'entrer en matière,
» Commençons nos préparatifs :
» Il me faut d'abord un compère,
» Adroit, capable, aux yeux actifs... »

En ce moment, par aventure,
A quatre pas de lui paraît
Un recors en déconfiture,
Porteur d'un museau de furet :
C'était, à ce que dit l'histoire,
Un sage sans respect humain,
Qui se fût fait en champ de foire
Fesser pour un verre de vin ;
Ses souliers étaient sans semelle,
Son talon usait le trottoir,
Son habit à pans d'hirondelle
Autrefois avait été noir ;
Sa bretelle était une corde,

Son pantalon, trop court du bas;
Et j'aperçois... miséricorde!
Ou plutôt je n'aperçois pas :
A nu sa jambe était visible,
Et quel lamentable soupçon
Donnait à toute âme sensible
Son gilet clos jusqu'au menton!

« Bon! voilà, je crois, mon affaire,
— Se dit le prétendu flaneur, —
» J'ai mis la main sur le compère. »
Il aborde le promeneur,
Fait un signe d'intelligence,
Le tire un instant à quartier,
Et pour préparer l'alliance,
L'emmène avec lui déjeûner.
A cœur ouvert et sans mystères
On s'explique fourchette en main,
Et la question des honoraires
Se règle au dernier coup de vin.
Le cognac a clos la séance,
Tout est prêt, tout est agencé,
De suite la chasse commence,
Et voilà le limier lancé.

Muni d'instructions complètes,
Quelques écus dans ses goussets,
Le soir il parcourt les guinguettes,

Les cafés et les cabarets :
Raconter sa soirée entière
Serait un fatigant récit ;
Mais disons que dans sa tanière
Quand il revint — passé minuit —
Il dit d'une voix avinée,
Et se frottant joyeux la main :
« Je n'ai pas perdu ma journée,
» Comme cet empereur romain ! »

L'autre héros de notre histoire,
Pendant que le limier buvait,
S'occupait, en fait d'accessoire,
De chercher ce qui lui manquait :
Il s'assura d'une Voyante,
Jeune brune au brillant œil noir,
Qui, sous l'égide d'une... tante,
Souvent se promenait le soir :
C'était une vierge... peut-être ?
Ce point — je vous le dis tout bas —
Préoccupait fort peu le Maître,
Et ne nous intéresse pas.

Le dimanche pourtant se passe,
Tout notre monde est endormi :
Plus de nuit, l'aube la remplace,
Déjà nous sommes au lundi.
Un prospectus en verbeux style

Est remis, dès le point du jour,
Aux mains du crieur de la ville,
Qui part, précédé d'un tambour;
Après les roulements d'usage,
Après avoir toussé trois fois,
A son populaire entourage
Il lit de sa plus belle voix :

« Avec permission du Maire,
» Et de monsieur le Sous-Préfet,
» Le premier savant de la terre,
» Qui vous porte un tendre intérêt,
» Laissant Paris, la grande ville,
» Tout en pleurs de l'avoir perdu,
» Dans l'espoir de vous être utile,
» Au *Faucon-d'Or* est descendu.
» Il est muni de vingt diplômes,
» De plus de cent certificats,
» Délivrés dans quinze royaumes
» Par les plus grands des potentats :
» Il a, dans sa longue carrière,
» De tout le globe fait le tour,
» Tantôt par mer, tantôt par terre,
» Voyageant la nuit et le jour.
» Du puissant rajah de Golconde
» Il a purgé les éléphants;
» La sultane de Trébizonde
» Lui doit plus de dix lavements;

» Il a fait prendre médecine
» A la princesse de Congo,
» Guéri l'empereur de la Chine
» D'un incurable prurigo,
» Traité le Vieux de la Montagne
» Pour un furoncle au fondement,
» Accouché la reine d'Espagne,
» Mis un emplâtre au Prêtre-Jean :
» De Sa Majesté d'Angleterre
» Il a ferré les Andalous,
» Et du Pape, notre Saint-Père,
» A la mule a tâté le pouls.
» Mais foin de la méthode antique :
» Plus d'élixir et plus d'onguent !
» Sa neuve et savante pratique
» Vous guérira plus simplement.
» Il traite les vers, la gastrite,
» Le mal de dents, les cors aux pieds,
» Gale, engelures, pituite,
» Les membres démis ou brisés ;
» Redresse un menton de galoche,
» Et replace instantanément
» Tout estomac qui se décroche :
» Ce n'est pas tout. Autre talent,
» Bien plus beau que la médecine !
» Si vous en avez le désir,
» Habile sorcier, il devine
» Présent, passé, même avenir ;

» Avec deux lignes de grimoire,
» Il sait vous faire retrouver
» Une bourse perdue en foire,
» Un chat qui vient de se sauver;
» D'un voleur, d'un adroit faussaire
» Il donne le signalement,
» Des trésors cachés dans la terre
» Il indique l'emplacement.
» Le matin, à son domicile,
» Il recevra dès aujourd'hui,
» Et tous les soirs, *il va-t-en ville*
» Chez quiconque a besoin de lui.
» Sur certificat d'indigence,
» Aux pauvres gratuitement
» Il donnera son ordonnance.
» QU'ON SE LE DISE! » Et ran-tan-plan.

Le jour même, une ample cohorte
De malades, las de souffrir,
Se presse plaintive à la porte
Du médecin sans élixir :
Sur un vieux fauteuil la Voyante,
Les yeux recouverts d'un bandeau,
Dicte d'une voix somnolente
Ses conseils inspirés d'en haut.
Chacun reçoit, à tour de rôle,
Un papier plié carrément,

En échange sort son obole,
Et cède la place au suivant.

— *Son obole…* ce terme exige
Un petit mot explicatif ;
Chacun s'acquitte sans litige
Au taux marqué sur le tarif :
C'est douze sous pour la colique,
Et quinze pour le mal de dents,
Pour un rhumatisme chronique
On donne — prix fixe — deux francs,
Vingt sous pour la fièvre quartaine,
Autant pour une fluxion,
Trente sous pour une migraine,
Et le reste à proportion. —

Pendant une longue semaine
La foule toujours afflua ;
Mais ce n'est vraiment pas la peine :
Des gros sous, qu'est-ce que cela ?
Comme on l'a vu, l'adroit compère
En tête avait un autre plan ;
Il a bien mûri son affaire ;
Puisqu'elle est mûre, parlons-en.

Loin de la ville officielle,
Dans un de nos faubourgs sans nom,

Au fond d'une ignoble ruelle,
Où l'on peut passer un de front,
Où le soleil rarement brille,
Où chaque porte a son fumier,
Avec sa femme, sans famille,
Habitait un pauvre ouvrier.
Son nom ne fait rien à l'histoire,
Je ne l'écrirai pas ici,
Mais je l'appellerai GRÉGOIRE,
Pour faciliter le récit.
Humide, obscur comme une cave
Etait son modeste taudis,
L'affreuse indigence au teint hâve
Semblait trôner reine au logis :
Un banc, une chaise boiteuse,
Pour lit trois planches de sapin,
Une table usée et graisseuse,
Et dans la huche point de pain ;
Au pied du lit, la vieille armoire
Craquait sur son fond rapiécé,
Quand le pas pesant de Grégoire
Ebranlait le sol défoncé.
Vous auriez à cette misère,
Fussiez-vous le roi des grigous,
D'un mouvement involontaire
Offert l'aumône de deux sous.
Mais je me ferais un scrupule,
O trop compatissant lecteur,

De laisser votre âme crédule
Dans une aussi grossière erreur.

Ce n'est pas que je veuille dire
Que **Grégoire** fût un Crésus;
Mais les flancs de sa tirelire
Pourtant renfermaient des écus :
Pièce par pièce il sut y mettre,
Rognant sur ses divers besoins,
Cinquante pistoles, peut-être
Un peu plus, à coup sûr pas moins.
Voulant être propriétaire,
Récemment il avait porté
Chez maître Jacques, le notaire,
De ses épargnes la moitié,
Et reçu, séance tenante,
En échange de tout cet or,
Un excellent titre de vente
De quatre hectares à Bitor :
C'étaient des genêts et des pierres
Où fut autrefois le château,
Des taillis, de méchantes terres
Sur les flancs ardus du coteau.
On railla : « L'affaire était sotte :
» Pour des rochers changer de l'or! »
Mais Grégoire avait sa marotte,
Il voulait trouver un trésor.

Ayant du pieux légendaire

Lu le diabolique récit,
En tête il se met que sa terre
Cache quelque argent enfoui :
Mais où chercher ? Vaste est l'espace :
Ses yeux, s'écarquillant en vain,
Ne découvrent aucune trace
De château ni de souterrain.
Son humeur devient sombre et noire,
Tout le jour il erre distrait,
Oubliant de manger, de boire,
Et se sèche comme un cotret ;
Sur son grabat, la nuit cruelle,
Se peuplant de rêves cornus,
N'assiége sa pauvre cervelle
Que de fantastiques écus.
Déjà sous cette âpre torture
Chancelait sa faible raison,
Quand une heureuse conjoncture
Vint rasséréner l'horizon.

C'était encore au mois des roses,
Quand, palpitantes de désir,
Leurs corolles, fraîches écloses,
S'offrent aux baisers du Zéphyr.....
« Et qu'importe là votre rose ?
— Gronde un lecteur d'esprit chagrin —
» Expliquez-vous donc comme en prose ! »
Soit. On était au mois de juin :

Un beau matin, notre compère,
Descendant au boueux faubourg,
Dans le bouge du pauvre hère,
Sans frapper, entre et dit : « Bonjour!
» Je viens pour affaire qui presse;
» Etes-vous seul? — Oui. — C'est fort bien.
» A votre sort je m'intéresse,
» Je viens changer votre destin. »
Et sans s'étendre en préambule,
Du plus habile des mortels
Il vante à l'ouvrier crédule
Les mérites surnaturels :
« Il n'est point pour lui de mystère,
» Il voit tout, n'ignore de rien,
» Son regard traverse la terre,
» Il sait ce qui sera demain. »

Grégoire à ce discours s'enflamme,
Il sort, et se met à crier :
» Arrive, arrive donc, ma femme!
» Et, vite, allons chez le sorcier! »
— « Doucement, — reprend le compère; —
» Taisez-vous, ou parlez plus bas;
» Une discrétion sévère
» Est indispensable en ce cas.
» Le docteur est en audience,
» Son salon, à cette heure, est plein :
» Encore un peu de patience,

» Nous irons le trouver demain.
» A propos, pour que cette affaire
» Marche au gré de votre désir,
» De plus d'un objet nécessaire
» Il sera bon de vous munir :
» Il faut trois poils de votre barbe,
» De votre femme trois cheveux,
» Trois fleurs de la rose joubarbe
» Qui pousse dans les rochers creux,
» Trois morceaux des diverses roches
» Que l'on trouve aux flancs de Bitor;
» C'est tout... Non; enfin, dans vos poches
» Deux cents francs en espèces d'or. »

Qu'on est sot, quand on est crédule,
Et qu'on a l'esprit prévenu !
De cette liste ridicule
Grégoire accepte le menu ;
Partant bien vite pour *ses terres*,
Il y fourre dans un panier
Toutes les triades de pierres,
Et les trois fleurs dans du papier.

Du jour attendu brille l'aube,
Il met un habit jadis neuf,
La femme, sa moins vieille robe,
Et ses sabots cirés à l'œuf;
Cette toilette de dimanche

Assez promptement s'acheva ;
On passait la dernière manche,
Quand le bon compère arriva.
Pour la ville on part de conserve,
D'avance heureux comme des rois ;
Mais en route chacun s'observe,
Et l'on ne cause qu'à mi-voix.
Après un trajet d'un quart d'heure ,
— Et bien long parut le chemin, —
On atteint enfin la demeure
De l'illustre magicien :
Une servante leste, accorte,
Après un coup d'œil au guichet,
Aux visiteurs ouvre la porte,
Les fait entrer et disparaît.
L'antichambre était solitaire ;
Le docteur, la veille averti,
A sa clientelle ordinaire
A fait dire qu'il est sorti.

Le voici, l'homme fatidique
Son pied vient d'effleurer le seuil ;
Le feu du pouvoir magnétique
D'éclairs illumine son œil.
Dans la main droite du prophète
Se dresse, sceptre magistral,
Une courte et mince baguette
D'ébène à filets de métal.

Il porte une longue simarre
Aux plis sur le sol épandus,
Dont le sombre fonds se chamarre
D'astrologiques attributs :
En or vif le soleil étale
Son vaste disque étincelant,
La lune, moins grande et plus pâle,
Disperse ses rayons d'argent;
Partout un semis de planètes
Emerveille l'œil ébloui,
Et les effrayantes comètes
Projettent leur queue en épi :
Une torsade en laine blanche,
Que terminent des glands noueux,
Serre la robe sur la hanche,
Et partage la lune en deux :
Sur son chef, veuf de chevelure,
Un cône de deux pieds de haut
Reproduit en miniature
Tout le firmament du manteau.

A son tour paraît la Colombe,
— C'est la vierge que vous savez —
Sa blanche tunique retombe
En chaste voile sur ses pieds :
Dans ses cheveux aux flots d'ébène,
Aplatis en larges bandeaux,
La classique branche de chêne

Dresse ses magiques rameaux :
Sa démarche est d'une déesse,
C'est la Pythonisse d'Endor,
C'est Velléda, la prophétesse
Des âpres plages de l'Armor.

A pas lents elle entre : du Maître
Acceptant gravement le bras,
En silence elle va se mettre
Sur le vieux fauteuil de damas.
D'une antique et bizarre armoire,
Solidement construite en fer,
L'adepte tire le grimoire,
Fruit des veilles du Grand-Albert :
Il cherche la page infernale
Que marquait un signet sanglant,
Et lit d'une voix sépulcrale
Des lignes qu'inspira Satan.
Puis, remettant le livre en place,
Il s'avance vers le fauteuil,
Et dès la quatrième passe,
Notre Voyante ferme un œil ;
La sixième a fait clore l'autre,
Ses bras retombent mollement :
« Elle dort, — dit le bon apôtre, —
» Elle va parler maintenant. »

Vous n'aurez pas de peine à croire,

O très-perspicace lecteur,
Que notre cher ami Grégoire
Était presque mort de terreur :
Dans sa bouche, d'effroi tordue,
Les dents claquaient à se briser,
Sa femme sentait, éperdue,
Tous ses cheveux se hérisser ;
Mais, se faisant insinuante,
La voix paterne du devin
Disait : « Chassez cette épouvante,
» Je suis là, MOI! ne craignez rien.
» A cette heure, il faut qu'on dispose,
» Dans l'ordre par Albert dicté,
» Barbe, cheveux, joubarbe rose,
» Sur le guéridon enchanté :
» En triangle il faut que l'on range
» De ces pierres l'assortiment,
» Et dans cette cassette étrange
» Nous allons renfermer l'argent. »

Chacun s'empresse à sa parole :
A la Voyante alors il fait,
L'un après l'autre, à tour de rôle,
De la main palper chaque objet;
Puis, la touchant de sa baguette,
Avec un geste impérieux,
Il dit, d'une voix ferme et nette :
« PUPILLE, VOYEZ : JE LE VEUX ! »

« Je vois, — murmure la Pupille, —
» De hautes et puissantes tours,
» Je vois une forêt tranquille,
» Je vois une aire de vautours... »

« De trop loin vous prenez l'affaire,
— Dit le Maître en l'interrompant —
» Franchissez vingt siècles, ma chère,
» Pour arriver au temps présent.
» Que voyez-vous ? »

                    Obéissante,
La Voyante reprend : « Je vois,
» Je vois un ruisseau qui serpente,
» Un sentier et de petits bois,
» Je vois une aride colline,
» Je vois des fleurs sur un rocher ;
» Une pente au couchant s'incline,
» C'est là, Maître, qu'il faut chercher ;
» Je vois une touffe d'armoises
» Plantée en forme de croissant :
» Du sommet mesurez neuf toises
» En marchant droit vers le levant,
» Puis, vous dirigeant vers la gauche,
» Mesurez trois toises encor ;
» C'est là que doit agir la pioche,
» C'est là qu'est caché le trésor.

» Quelle merveille à mes yeux s'offre !

» Un lourd bahut cerclé de fer;
» Sur le couvercle de ce coffre
» Je vois le grand Diable d'enfer;
» Et dans le meuble vénérable,
» En louis d'or bien trébuchants,
» Rangés dans un ordre admirable,
» Je puis compter cent mille francs.
» Sous ce fardeau le fond s'affaisse :
» Que d'écus! grand Dieu! que d'écus!
» Pour vous, amis, quelle richesse!
» Mais le Diable est assis dessus.
» Les yeux de ce monstre farouche
» Lancent de flamboyants éclairs;
» L'haleine qu'exhale sa bouche
» Au loin empoisonne les airs;
» Il rugit, il croasse, aboie;
» Sa queue, ainsi qu'un long serpent,
» Autour de son cou se reploie
» Avec un aigre sifflement;
» Ses cornes vomissent la flamme,
» Ses ongles sont sanglants, crochus;
» Chacun d'épouvante se pâme,
» Quand il ouvre ses bras velus.

« Hélas! Seigneur! Et comment faire?
— S'exclament nos pauvres badauds —
» Comment museler ce Cerbère?
» Comment avoir ces chers rouleaux? »

« Silence donc ! — de la Colombe
Reprend en ce moment la voix, —
» Quelle clarté ! le voile tombe,
» Je comprends, je sais et JE VOIS.
» Oui, pour réduire à l'impuissance
» L'infernal gardien du coffret,
» Il faut qu'une femme lui lance
» Autour du cou son chapelet.
» En voyant le rosaire, il grogne,
» Au saint contact il tombe mort,
» Du pied vous poussez la charogne,
» Et vous ouvrez le coffre-fort. »

Ainsi dit la vierge inspirée,
Qui s'arrête ; n'en pouvant plus ;
Sa voix , de fatigue brisée,
S'épuise en efforts superflus ;
Mais le Maître de sa baguette
Trace un signe mystérieux ;
Au commandement du prophète,
La Pupille entr'ouvre les yeux,
Elle se lève, et d'un sourire
Des assistants prenant congé,
Dans sa chambre elle se retire.

» Maintenant — d'un ton dégagé
Dit notre adepte à Mons Grégoire —
» De ce que la Voyante a dit

» Conservez fidèle mémoire,
» Et faites-en votre profit. »
« Mais, — dit timidement la femme, —
» Monsieur…—Très-bien! je vous entends,
» J'oubliais… pardon, bonne dame!
» Il s'agit de vos deux cents francs :
» Reprenons-les dans la cassette. »
Et tout en parlant, le devin
Ouvre la serrure secrète;
Mais dans le meuble on ne voit rien.
« O félicité des plus rares!
— Dit le Docteur — mortels heureux!
» Le Démon accepte vos arrhes,
» Et le succès n'est pas douteux. »

A ces mots, Grégoire en son âme
Sent doubler le contentement,
Il offre le bras à sa femme
Et quitte enfin le charlatan.
Le même soir, il fait emplète,
En cachette de ses voisins,
D'une collection complète
Des indispensables engins :
Une pioche, une forte bêche,
Un pic, nécessaires outils;
De la poudre, un kilo de mèche,
Briquet et pierres à fusils;
Une brouette à large panse,

Que sa femme doit charrier;
Pour évaluer la distance,
Une chaîne aux anneaux d'acier;
Un faix de planches de volige,
Des échalas et des poteaux,
Pour clore, si le cas l'exige,
Le théâtre de ses travaux.
Par ces achats, du pauvre diable
L'épargne s'amoindrit encor;
Mais qu'importe avance semblable,
Quand on allait rouler sur l'or?

Et les sept jours de la semaine,
On pouvait le voir le matin,
Quand l'aurore encore incertaine
Blanchissait l'horizon lointain,
Chargé comme un mulet d'Espagne,
Gravir le sentier rocailleux,
Qui sur les flancs de la montagne
Déroule un ruban sinueux;
Du soleil quand l'ardente flamme
Colorait les monts d'alentour,
A son tour arrivait la femme,
Portant la pitance du jour.
Jusqu'au soir, forçats à la chaîne,
Sans trève ils exerçaient leurs bras,
Se volant un quart d'heure à peine
Pour un insuffisant repas;

Et quand de la nuit sonnait l'heure,
Cherchant à tâtons leur chemin,
Ils gagnaient leur humble demeure,
Pour revenir le lendemain.

Pendant deux grands mois sans relâche,
Sans un seul instant de repos,
Ils poursuivent la rude tâche
De leurs titanesques travaux :
Par leur labeur infatigable
Les flancs du sol sont entr'ouverts;
Un monceau de terre et de sable
S'élève à vingt pieds dans les airs.
A l'effort actif de la pioche
Résiste un obstacle plus dur,
Ce sont les pointes d'une roche
De porphyre aux veines d'azur :
Sur ce granit l'outil s'ébrèche,
Le pic se courbe en hameçon,
Et l'acier tranchant de la bêche
Ploie ainsi que ferait du plomb.

Malgré l'assurance du Maître,
Grégoire ne voit point encor
A son œil avide apparaître
Le diable ni le coffre-fort :
Le soupçon germe dans son âme,
Où se livrent d'affreux combats;

Il se prend à dire , « Ma femme,
» Si le sorcier ne l'était pas? »
C'est en vain que, d'esprit plus forte,
Elle l'encourage à l'espoir,
La confiance est vraiment morte ;
Le malheureux voit tout en noir ;
Ses yeux sont éteints et livides ,
Son teint devient cadavéreux,
Sur son front de précoces rides
Dessinent des réseaux nombreux,
Sous ses pieds il voit des abîmes,
Et, — comble de calamité ! —
Avec ses vingt derniers centimes
Son dernier pain est acheté.

   « A tout prix, et quoi qu'il en coûte,
» — Lui dit sa femme, — il faut enfin,
» Pour nous délivrer de ce doute
» Tenter le suprême moyen :
» Mon cœur d'un rayon s'illumine,
» Une ressource reste encor ;
» Courage, Grégoire, à la mine !
» Bientôt nous saurons notre sort. »

   Et tous deux, d'une ardeur nouvelle,
Saisissent foret et marteau,
Le roc sous leurs coups étincelle
Et se creuse en étroit boyau ;

Traînant avec eux de la mine
Tout le nécessaire attirail,
A vingt places sur la colline
Ils recommencent le travail :
Les trous, profonds d'un demi-mètre,
A moitié hauteur sont remplis
De poudre, qu'un tampon de hêtre
Tasse sur les bords arrondis;
De chacun s'élance une mèche
Filée et soufrée avec soin,
Au pied d'un mur en pierre sèche
Convergeant vers le même point;
Un fil en faisceau les assemble :
« Bien ! — dit Grégoire, — tout est prêt. »
Et sa main, émue et qui tremble,
De sa poche tire un briquet.
Sur la mèche de soufre enduite
Le feu serpente en pétillant;
Grégoire en hâte prend la fuite,
Sa femme avait passé devant.
Et, tapis derrière un gros chêne
Au tronc centenaire et noueux,
Tous deux retenant leur haleine,
Ils attendent silencieux.

La Canicule incendiaire
Arrivait à ses derniers jours,
L'éclatant roi de la lumière

Était au milieu de son cours...
Mais j'entends encor qui réclame
Mon atrabilaire censeur :
« *Canicule*, *roi de*... la flamme !
» Dites donc *soleil* et *chaleur*. »
Hé bien soit : de la métaphore
Si vous ne voulez pas du tout,
On va vous satisfaire encore :
Nous sommes au vingt du mois d'août,
Il est midi. Comme un tonnerre
La mine éclate avec fracas ;
Les vieux ossements de la terre
Dans les airs volent en éclats,
La montagne, au loin ébranlée,
Dans ses fondements a mugi,
Par des tourbillons de fumée
L'astre du jour est obscurci.
Puis succède un morne silence,
Le souffle de mort a passé :
Grégoire impatient s'élance
Vers le terrain bouleversé.
Rien de vivant sur la colline,
Pas un seul arbre n'est debout,
Sous l'effort puissant de la mine
Le rocher est à nu partout ;
De porphyre une masse énorme,
Au tissu compacte, au grain lourd,
Etale sa couche uniforme

Qui jamais n'avait vu le jour :
Tel, à cette heure solennelle
Où le premier soleil a lui,
Le fit la parole éternelle,
Tel il est encore aujourd'hui.

L'illusion, flamme menteuse,
Eteint son flambeau décevant;
La vérité surgit hideuse :
Le sorcier n'est qu'un charlatan!

Où trouver palette assez noire
Pour tracer comme il le faudrait
De notre désolé Grégoire
Le sombre et déchirant portrait?
Son front, comme un cadavre blême,
Offre l'image de la mort,
Il pâlit, tourne sur lui-même,
Bégayant le mot de *trésor*.
A son tour la femme s'approche,
Muette, regarde, et soudain,
Se roulant folle sur la roche,
Pousse un cri qui n'a rien d'humain;
Sa bouche sanglante s'entr'ouvre,
Se contourne en convulsions,
L'écume dont elle se couvre
S'épand en rougeâtres flocons.
Alors Grégoire s'exaspère,

Son œil lance un éclair brûlant,
Le feu bouillant de la colère
Dans ses veines fouette son sang;
Comme fait le lion sauvage
Des chauds déserts du Sahara,
Il bondit, trépigne, et sa rage
Rugit : « LE CHARLATAN MOURRA ! »

— Vous voyez, bons lecteurs, je pense,
Que notre homme n'est pas normand.
Un normand en telle occurrence
Aurait parlé différemment,
Il eût dit : « A cette canaille
» Servons un plat de mon métier,
» Des coups ne feraient rien qui vaille,
» Je m'en vais trouver un huissier. »
Mais de la plaideuse Neustrie
Grégoire n'était pas enfant,
Et, né dans la rude Arvernie,
Il ne pensa pas au sergent. —

Laissant sa femme inanimée,
Son pas dévore le chemin,
Et sa course désordonnée
Le porte à l'hôtel du devin.
Là, sa voix fière et menaçante
Appelle le magnétiseur,
Il brandit dans sa main puissante

Son pesant marteau de mineur.
Demi-morte de peur, l'hôtesse
Répond à mots entrecoupés :
» Le Docteur et la prophétesse
» Depuis trois jours sont décampés. »
— « Pour quel pays? — hurle Grégoire,
Agitant éperdu ses bras.
— « Je ne sais; ma pauvre mémoire,
» S'ils l'ont dit, ne s'en souvient pas :
» C'est pour la Chine ou l'Angleterre,
» Pour la Suisse ou pour Taganrok;
» Pour la Norwège ou pour Madère,
» Pour l'Australie ou le Maroc. »

C'est trop : la dernière étincelle
De bon sens qui vivait encor
S'éteint sous l'atteinte mortelle
De ce coup suprême du sort.
Grégoire pleure, il chante, il danse,
Il roule son œil hébété,
Et tombe enfin sans connaissance,
Masse inerte, sur le pavé.
L'hôtesse, du seuil de la porte,
Hêle un portefaix vigoureux,
Qui sur ses épaules emporte
A l'hôpital le malheureux.
Et le même soir sa compagne
Gagnait l'asile bienfaisant,

Un bon pâtre de la montagne
Soutenait son pas chancelant.

Arrêtons-nous — de cette histoire
Le récit est déjà trop long. —
Disons en deux mots que Grégoire
Recouvra plus tard la raison,
Sa femme est aussi rétablie,
Mais ils ont bien vieilli tous deux,
Et plus d'une mèche blanchie
S'argente parmi leurs cheveux.
Ils disent à qui veut l'entendre
Que les sorciers sont des voleurs ;
Pour Bitor, qu'ils voudraient bien vendre,
Ils ne trouvent pas d'amateurs.
Par l'infortune rendu sage,
Grégoire a repris son métier,
Il est le premier à l'ouvrage,
Il y demeure le dernier.
Le bonheur perdu peut renaître,
Quelque jour il remplacera
Le magot regretté..... peut-être ?
Qui le sait ?.... Qui vivra verra !

———————————

La moralité de la fable
Se tire sans qu'on soit sorcier,

Et moi, pas devin, mais bon diable,
Je vous la donne sans payer.

Si quelque jour à votre porte
Frappait un de ces endormants,
Recevez-le de telle sorte
Qu'il se le rappelle longtemps :
Sans attendre en vaines paroles
Qu'il vous expose ses raisons,
Saisissez-le par les épaules,
Faites-lui tourner les talons ;
Si ce raisonnement logique
N'est pas assez persuasif,
Une ration de coups de trique
Est un argument décisif.
Mais surtout, pas de ladrerie ;
Que votre bras soit généreux !
Mieux la dose sera nourrie,
Plus l'effet sera merveilleux.

Clermont, typ. Ferdinand Thibaud.